晩鐘《ばんしょう》

棟近克成
MUNECHIKA Katsushige

文芸社

第一部

一

もう十一月の中頃になろうとしていた。

ジャン、ジャン。船着場がだんだんと薄暗くなっていくなか、乗船を促す銅鑼《どら》の音が激しく鳴り響いた。それを聞いた人々は急いで船に乗り込んでいく。西崎健吾《にしざきけんご》は電車を乗り継ぎ、さらに乗り継いで、何とか島行きの最終の船に間に合った。

ボー、ボー。

船は低い腹に響き渡るような汽笛を轟《とどろ》かせてゆっくりと港から離れていく。先刻《さっき》まで光り輝いていた都会の明かりが時間が経つにつれて微妙な光になっていき、やがて消滅していく。健吾は船上のデッキに凭《もた》れ掛かりそんな様子をぼんやりと眺めていた。

もう海は暗闇に覆われていて、ただ波音だけが絶え間なく聞こえていた。そうしていると、何故だか卒業してから島を離れて都会の製鉄所で働きだした頃のことが思い浮かんできた。

これからは社会人として会社勤めになる。どんなことがあるか分からない。不安な気持ちが沸き起こってくる。それを想像すると全身が引き締められる。弱気が覆い被さってくる。

(馬鹿やろう。しっかりしろ。ここで挫《くじ》けていてどうする)

健吾の良心が無理やりに喝を入れ、奮い立たせていた。

そうして船は夜に本土の港に着いた。

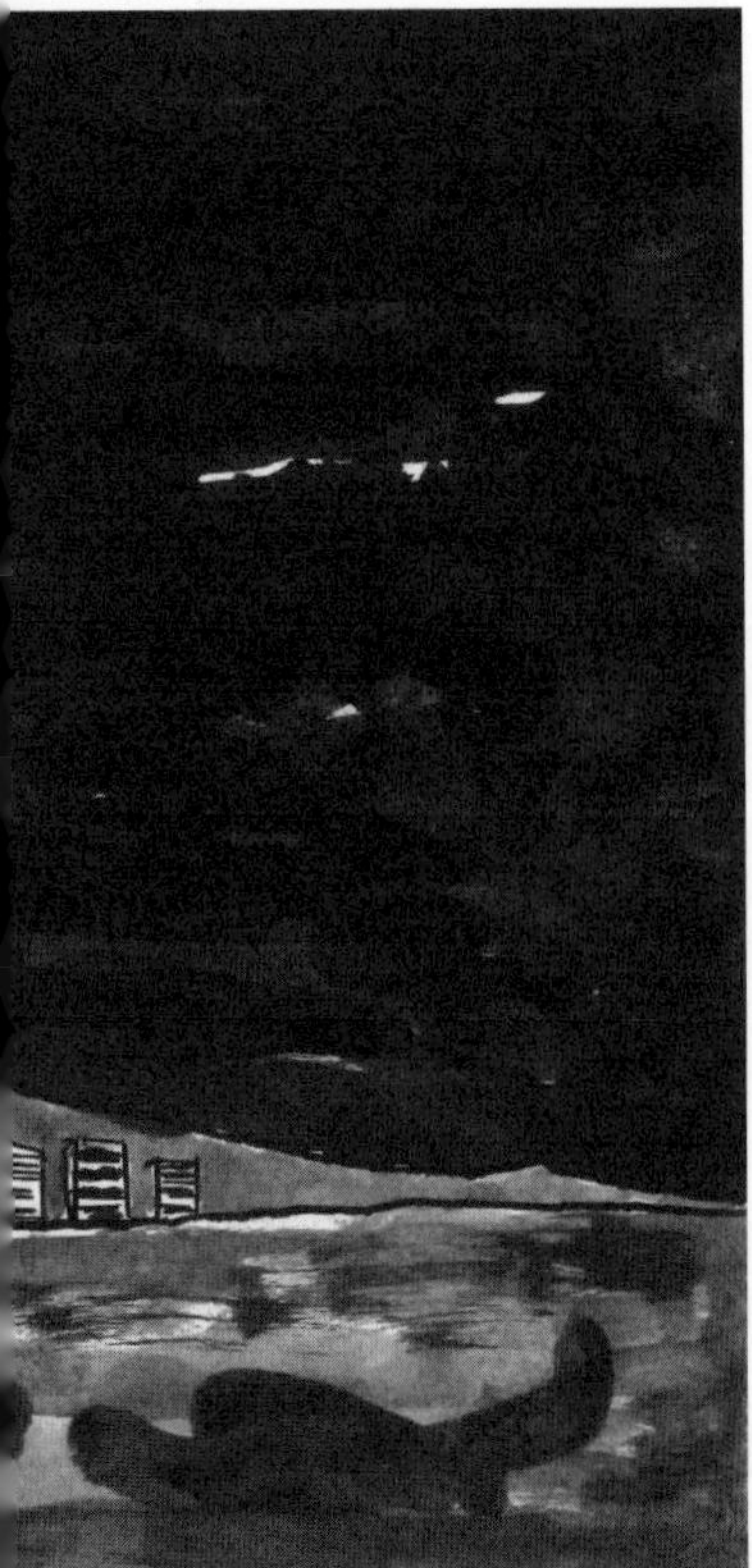

二

暗闇の中に製鉄所の人事課の人たち二人が出迎えに来てくれていた。最初、島から製鉄所に入社するのは自分だけだと思っていたが、船に乗る時は三人になっていた。同じ製鉄所に働きたいと思う人たちがいたのだ。二台の車に分かれて乗り込んだ。

（これからは競争相手になるかも知れないな、または同郷同士でお互いに励まし助けあっていくか……それはどうかはまだ分からない）

車は独身寮に到着した。そこには寮長が待っていた。そして寮長室で軽く寮内の紹介と規則を説明されると、寮長の案内でそれぞれの部屋が割り当てられた。部屋は三人部屋であった。

（さあ明日から製鉄所で働くことになる。鉄工マンだ。早く仕事を覚えて先輩たちのお荷物や邪魔にはならないよう頑張るぞ）

そう健吾は決心した。すると何か自然と体に力がみなぎってきた。

その日の夜は興奮してきて、なかなか寝つかれなかった。寝るために苦心惨憺《さんたん》した。それでも寝つかれない。もがけばもがくほどに目がさえてくる。

（もうどうにでもなれ）

半分、自棄糞《やけくそ》な気持ちであった。それからどうなったかは分からなかった。

リーン、リーン、リーン。

朝早く、目覚まし時計のベルの音で目が覚めた。誰かが時計をセットしていたのだ。

（助かった。寝過ごすところだった）

そして寮での朝食を済ましたころ、会社への迎えのバスが来て製鉄所の門を潜《くぐ》った。門の入口には保安課の詰め所があり、保安係が絶えず出入りする人や車などを厳重に監視していた。通勤バスも同様で、異常がないと分かると通してくれた。そしてバスは「労務本館」という建物の前で停車した。

そこで降りると、人事課の人に促されるように建物の中に通されて行き、「教育課」という名札の掛かった部屋に入った。そこには数十の机と椅子が整然と並べられていて、学校を卒業してここに就職したであろう人たちが先刻《さっき》から待ちかねていた。

そこへ、ようやく入ってきた人事課の人が口を開いた。

「どこでもいいから、空いている席に座ってください」

そう言われて健吾たちも空席を見つけると座った。

「さあ、これで全員が揃いましたね。初めまして。今日から三ヶ月間、皆さんのお世話をします、中村と言います。この製鉄所の鉄鋼マンとして、お客さま（ユーザー）の要望に応えられる鉄、そして鉄を使って鉄道・造船・機械・鉄橋・建築物、また、車や錆びない鉄（ステンレス）など、それぞれを生産することにより社会に貢献することになります。あなた方は鉄についてはまったくの素人です。そこで早く一人前の玄人になって、先輩たちのように良い鉄を作れる、鉄のプロになっていただきます。

お客様の中には無茶苦茶な注文を言ってくる人たちもいますが、先輩たちは無理難題にも決して諦めないでお客様の要望に応えられ、喜んでもらえるよう日々努力しています。皆さんたちも早くそうなるように頑張ってください。そのためには私たち人事課もできる限り応援しますから、一緒に頑張りましょう。では、会社の状況についての勉強から始めますよ」

三

島を出てから八ヶ月は経っただろうか。三ヶ月間の新人研修も済み、本人たちが希望する工場に配属されてもう四ヶ月は過ぎていた。今では都会の生活にも、工場の仕事にも少しずつ慣れてきていた。

仕事にもある程度慣れてきて、先輩たちからの注意や怒鳴られる回数も減ってきていた。仕事に対し先回りして予測ができるようになってきて、体力にも余裕が生まれてきたかも知れない。そんな折、上司から声が掛かった。

「年が明けたら交替勤務に入ってもらうぞ」

交替勤務は初めてである。

交替勤務は甲番（午前勤務）、乙番（午後勤務）、丙番（夜勤務）に分けられている。健吾はいままで夜に働くことなど経験はなかった。しかし製鉄所で働く以上、夜勤は避けて通れない宿命である。これは仕方ないことである。そうして健吾は体を無理やり交替勤務に順応させようとしていた。

西崎健吾は島を離れるときに自分自身に課していたことがあった。

一年間は絶対に島に帰らない。また、電話もしないし、手紙も書かない。これは盆も正月もだった。

島から一緒に来た同郷の仲間たちが皆でお盆に帰ろうと言ってきたが、彼は断った。苦渋の決断であった。

（皆に嫌われる）

本当は皆と帰郷したかったが、そうすると自分の決意が木っ端微塵に頽《くずお》れそうになる。もしかして同郷の仲間と絶交することになるかも知れない。分かっているが分かっているだけに辛い。それでも断ったのだ。

会社勤めも大分慣れてきて、この間長いようで短くもあった。

健吾が気がついたとき、季節はもう秋が深まろうとしていた。

周囲の山々の木々は犇《ひし》めきあうように繁り、それぞれが個々の特徴を現していた。

常緑樹はよりいっそう青々と、落葉樹は葉を赤色や黄色に変貌させ競争し合っていた。

同じ色素でも少しずつ違いを見せていた。

四

西崎健吾が仕事を終えて寮に帰ると、寮長から声をかけられた。島の木屋《きや》という人から昼間電話が掛かってきて、どうしても電話をしてきてほしいという。西崎健吾は島を離れるとき、両親や体操部員たちにも、もちろん木屋にも仕事に集中したいから、余程のこと以外は電話を掛けてこないでほしいと言っていたのだった。

それなのに掛かってきた。ということは余程重大なことがあったのかと心配になり電話を掛けた。

「木屋、久しぶりだな。しかし、どうしたんだ。何かあったのか」

彼は聞いた。木屋は電話に出ているのにしばらくは黙っていて何も喋ろうとしない。

「何だよ。お前から電話を掛けてきておいて何も喋らない。お前どうかしたのか――」

健吾は少し怒ったように言った。それでも木屋は黙っている。

「黙っていないで何か喋れよ」

健吾は何か分からないが憤慨し、怒鳴っていた。健吾の異常な雰囲気に押されるように、やっと木屋が口を開いた。

「西崎、すぐ島に戻ってきてくれ。詳しい話は島に帰ってきてからするから、急いで戻ってきてくれ」

「何だよ。なぜ今話すことができないんだ」

何か思い詰めた重苦しさを感じ、怪訝《けげん》な気持ちではあるが、それ以上に木屋を問い詰めることは止めた。

「分かったよ。すぐに帰るよ。明日の朝には島に着いているよ」

そう言うと電話を切った。

何かを懸命に押し隠している、そんな喋り方に不安を感じ、言いようのないふくざつな雰囲気が覆い被さってきた。早速、タクシーを呼ぶと駅へ急いだ。そして電車を乗り継いで船着場に到着したのだ。

最終の船までは、まだ四十分ほど時間があった。健吾は空席だらけの船着場で座っていた。しばらくすると、さっきまで乗っていた電車内のことが思い浮かんできた。仕事帰りのサラリーマンや学生たちが乗り込んでいたが、なぜか静かであった。

(疲労困憊なのかな。いや、そんなことはないだろう)

そして夜遅く、時間が経つにつれて、電車の出入りも減少していった。

そんなとき、電車の扉が開くと同時に三人の中年が乗ってきた。サラリーマンだろう。

会社帰りにどこかの居酒屋で一杯ひっかけてきたのだろうか。大分酔っ払っている。そして座席に座るやいなや言い合いを始めた。健吾は聞く気がなかったが、大声なので自然と耳に入ってきた。何でも仕事上の言い合いである。それを聞いて健吾も思い出していた。同じように同僚と手は出さないが口での喧嘩があった。そのとき作業長が通りかかり、「仕事での喧嘩は何度でもするのだったらしろ。しかし、仕事以外での喧嘩はするな」と言った。それが思い出されてきた。

そんな間にも船は出発し、真っ暗闇の中、波を掻き分けながら進んでいた。先刻《さっき》まで元気に騒いでいた若者たちや、しっとりと愛を語らい合っていた恋人同士も、今は潮風の寒さにたまりかねて船室に移動していき、今は健吾一人になっていた。

潮風が冷たく頬を撫でる。それを彼は心地よく感じていた。火照るような気持ちを鎮めてくれる。

（早く島に着け、早く島に着け）

心の中で叫んでいた。

（少しは寝ていないと明日困るぞ）

そう思い船室へ下りていった。

五

朝早く船は予定通りに島の船着場に着いた。そして次々に下船していく。健吾もそれにつられるように船を下りた。それまではひっそり静まり、閑散としていた船着場は、久しぶりの再会に感激し、喜びの声や泣き笑いなどで賑わい、明るい雰囲気が漂っていた。

「西崎」

人々の混雑するなかから声がした。

(木屋だな)

そう思いながら声のした方を振り向くと、やはり木屋が立っていた。顔は漁師らしく真っ黒に日焼けし、頑丈そうなたくましい体格は荒れ狂う海にも恐れず、勇猛果敢《かかん》に挑戦している、そんな精悍《せいかん》な男に成長していた。

「木屋、やっぱり迎えに来てくれたな」

「西崎、お前も元気そうだな」

多くの学生たちは卒業すると、その一部の者は大学進学に、そして殆ど多くの者たちは本土の会社で働くために島を離れていった。そして僅かな者たちが島に残った。その中に木屋もいた。

彼も本当は島を離れたかったが、母親一人を残してまでは島を離れることはできなかった。彼には父親が居なかった。彼が高校一年生になったときに、父親は漁船で操業中に強風に遭い、遭難し命を失った。

そのとき、木屋は「高校をやめて島の会社で働く」と母親に言ったが、母親は、

「絶対に学校だけはやめたりしないで続けていきなさい。これからの時代は学歴主義だから、学校だけは続けていっておかないと、学歴のないことにより苦労するときが来るかも知れない。学費のことは心配しなくてもいいから。その分は私が何とか働いて工面するから、安心して学校へ行きなさい」

そう言って母親は魚の行商と僅かばかりの農地を耕し、野菜を作ったりもした。そんな母親の働く姿を見ていると彼は辛く堪《たま》らなかった。そして少しでも暇をみつけると、畑仕事を手伝っていた。

「俺は高校を卒業したら、親父の後を継いで、親父の形見の漁船で海に出て働くぞ。そして苦労を掛けている母親を少しでも楽をさせてやりたい」

木屋はよくそう言っていた。健吾はこんな木屋を見ていると、自分の腑甲斐《ふがい》なさ、情けなさをつくづく思い知らされたものだ。

「西崎、お前に話したいことがある」

木屋が真顔で呟いた。健吾を船着場から人影の少ない場所に連れていった。

「西崎、これを聞いて吃驚《びっくり》するなよ」

「何、何だよ、お前らしくもないな。勿体ぶるなよ。早く言えよ」

健吾は木屋が焦《じ》らすように何か重大なことを隠していて、なかなか喋らないことに苛立ち、腸《はらわた》が煮え繰り返る思いであった。木屋は観念したように、ようやく喋ろうとしたとき、何人かがこちらの方に来るのが見えた。

「西崎、ここでは話しにくいから、お前がよく行っていたお寺、あそこへ行こう。あの寺なら落ち着いて話すことができるから――」

西崎は木屋がこんなにも慎重なのは余程重大な何かが起こったのだろうかと、思い至った。だからそれ以上は話を急《せ》かさなかった。

六

しばらくバス停で待っていると巡回のバスが来て乗り込んだ。そして目的のバス停で降りるのももどかしく、寺へ行く途中も二人は沈黙したままであった。健吾は寺へ行く間も考えこんでいた。

（いつもの木屋とは様子が違うな。以前だったらすぐに話しかけてくれていたのに、高校を卒業し社会人になった途端にこんなにも態度が変わるものなのか、そんな木屋ではないはずなのに――）

しかし、やはり無言のままで何も喋らない。これほど窮屈なことはない。沈黙が続いた。寺へ行く途中の道は少し急な上り坂になっていて、道端には雑草が無茶苦茶に伸びていた。

やっと寺の前に来て心が解放された。寺の境内を通り抜けて本堂の裏手に回り込むと、腰掛けるのに適した大きな石が数個点在していた。その一つに木屋は座ると、黙っていた口を開いた。

「実は藤村利子《ふじむらとしこ》が死んだんだ」

「え、えーっ」

健吾は驚愕し驚きの声を発した。

（まさか――。まさか利子が死んだなんて……。嘘、嘘だろう。信じられない――）

頭の中が真っ白になった。しかし、木屋が嘘をつく男でないことは健吾が一番よく知っていた。それだけに木屋の言葉に彼は激しい衝撃を受けた。

体が無惨にも木っ端微塵に打ち砕かれ頽れそうになった。けれど気力で必死に支えていた。

急に涙が溢れてきた。頬を伝って地面に流れ落ちた。次から次へと、涙が涸れてしまうのではと思われるほど――、それでも涙は出てきた。彼はそれを拭《ぬぐ》おうとしなかった。木屋は健吾のことは分かっている。利子の死んだことを知らせていいものか、黙っていたほうがいいものかと迷ったと思う。しかし木屋には黙ったまま、知らぬ顔をすることはできなかった。もし後で健吾がそれを知った時、どんな気持ちになるか、どれほどの悲愴で苦しむか、分かっていたからだ。それを思うと辛いが、残酷だけど今言い渡すしかない。そう覚悟を決めて利子の死んだ訳を話し始めたのだ。

「今年の秋の中ごろ、藤村利子はお前とよく行ったお寺の裏側で中間試験の勉強をしていたところに、島に観光旅行に来ていた数人の若者たちが急に暴徒化して襲いかかってきたそうだ。それを逃れようと利子は必死で逃げ回っていたが、とうとう断崖絶壁まで追い詰められた。彼女はもう逃げられないと覚悟を決めて海に身を投げたそうだよ」

木屋は穏やかな慰めるような口調で話した。しかし、今の健吾には何の慰めや労《いたわ》りの言葉もいらなかった。このまま荒野にでも放置しておいてほしい。木屋もそう感じたのか、しばらくはそのままにしておいたほうがいいのだと、射るような目で海を眺めていた。

海からの風が少し強くなり冷たくなっていた。ようやく健吾自身の興奮していた気持ちも鎮まってきた。そんな様子をみて木屋は口を開いた。

「利子はあそこの岩陰から海に身を投げたんだよ」

そう言いながらその場所を指差した。周囲は雑草が生い茂り、根元の草むらは伸び放題になっていた。しかし木屋が指差したところは草が綺麗に刈り取られ、墓標のような石が置かれ花が手向《たむ》けられていた。青紫色をした美しいリンドウの花であった。草叢《くさむら》のなかにあって一際、目立っている。

以前藤村利子と一緒にお寺へ行ったとき、「まあ綺麗――」と途中で見つけたリンドウの花を黒い瞳で見つめている様子に何とも言いようのない麗《うるわ》しさや、いじらしさを感じたと少しうぬぼれを込めて木屋に言ったことがあったが、それを覚えてくれていたのだ。

（木屋が遣《や》ってくれたんだな）

健吾は心の中で感謝した。その石を見続けていると自然と涙がこぼれてきた。堪《こら》えよう

としても涙がとまらない。彼は利子にそれ以上は泣き顔を見せたくないと、日の前の断崖絶壁のところを海岸のほうへ下りていった。

そして砂浜の岩に腰を下ろすと、ただ茫然と海を眺めていた。波が押し寄せてきては海辺の岩に激突して、波音を響かせては白い泡を残し消滅した。そうしてすぐに押し寄せてきては飛散する。何度も何度も繰り返していた。

「西崎、もう帰ろうか」

いつの間にか木屋も海岸に下りて来ていて尋ねた。

「ああ……」

健吾はそれだけ言うと立ち上がり木屋の後について寺を離れていった。あんなに明るかったのがいつの間にか日は沈み風景も変貌《へんぼう》していた。

潮風が今の西崎健吾の気持ちを見透かすよう冷えびえとしてきた。

(何か言葉が欲しい。どんな言葉でもいい。気が安らぐかも――)

健吾はこう思っていた。うす暗闇のなか沈黙し続けたからだ。これは木屋も同じだろうか。いや違うだろう。木屋は気をつかって黙ってくれているのだろう。

第二部

一

西崎健吾が高等学校の三年生になったとき、何か物足りなさや暇を感じるようになった。

（この物足りなさは何なのか）

学校と家との往復だけの変化のない毎日。つまらなさの積み重ね。それは分かっているが、解決するにはどうすればいいのか。瞑想に耽《ふけ》ったりすることもあったが分からない。ぼんやりとする時間が多く途方に暮れる状態がしばしばあった。

木屋はそんな健吾の態度をうすうす感じていた。そこで気分転換のためにもと、器械体操部への入部を勧めてきた。

「西崎どうだ、器械体操をやってみないか。物事の考えかたや生活も少しは変化するかも知れないぞ」

（何かやってみたい）

健吾にはその何かが思い浮かばない。木屋は健吾の悩み踠《もが》き苦しむ姿を見かねて助け船をだしてきた。

（これにより霧の中から抜け出すことができるかも知れない――）

そう思い、即入部を決めた。

（自分に合わないのなら、そのときは退部すればいいだろう。大丈夫、一度頑張ってやってみよう）

しかしここでとんちんかんな間違いをおかしていたのだ。木屋に誘われるままに器械体操部の部室に入ってみて初めてわかった。自分が想像していたのと、だいぶ雰囲気が違っていた。変で当たり前である。健吾は「体操部」と「陸上部」を勘違いしており、完全に間違えていたのだ。

（陸上部に入部すれば長距離ランナーを目指すぞ）

そう意気込んで「陸上部」に入ったつもりが「器械体操部」だったとは――。

今更、間違っていましたなんて、そんな格好の悪い醜態を晒すようなことは口が裂けても言えない。

（このおっちょこちょいで大馬鹿者）

自分で自分を諫《いさ》め怒鳴りつけた。

（誤認で入部したんだったら自分で責任をとれ。責任がとれないのだったら器械体操をするしかないだろう。そして、どうしても自分にはできない、駄目だ、そう思ったときには退部すればいいだろう）

心の中では良心とそれを邪魔しようとする邪心が現れてきて、お互いに諌めたり慰めようとしたり、または反対に野次を飛ばしたり、そそのかしたり焚きつけてきたりする。しかし、心が落ち着いてみると大体は良心が勝っていたのだ。

二

この高等学校には前年までは器械体操部はなかった。というより、本当は数年前まではここにも「器械体操部」が存在していたのだ。長い間、入部してくる部員が減っていき、また先輩たちも卒業していったので、遂に自然消滅したのだ。それを前年の夏頃から、二年生の東尾や藤本、木屋たちが廃部状態だった体操部の復活を嘆願しに校長室へ何度も足を運んだが、その都度断られた。東尾や藤本、木屋たちは三年生になっても執拗《しつよう》に校長室に押しかけ、ついに校長先生も音を上げて、

「誰か顧問を引き受けてくれる先生がいたら再開してもいい」

と了承を得るまでに漕ぎ着けたが、なかなか顧問を引き受けてくれる先生が見つからず途方に暮れていた。そのとき藤本が言った。

「一か八か吉岡先生に頼んでみようか」

これにはその場にいた皆が吃驚した。吉岡先生は国語を教えている女の先生で、都会の大学を卒業してこの島の高校の教師として赴任してきたのだ。そして前年で三年目になっていた。東尾がすぐに、

「吉岡先生は駄目だよ。第一に器械体操どころか、スポーツなど一切やったことはないと言っていたぞ」

これには木屋も口を挟んだ。

「それに先生の体を見てみろよ。ちょっと小太りで、あの体格で何か運動していたように見えるか」

「そうはいっても、もう頼める先生などいないぞ」

藤本は執拗にくいさがってきた。

「駄目でもともと、その覚悟で当たってみようよ。もし誰も頼みにいかないんだったら俺が頼みにいこうか」

その場が一瞬鎮まった。

「藤本がそう言うのなら、そうしようか」

東尾が皆に意見を聞いた。

「皆が同意するなら俺が頼みにいくけど、しかし、これは難しいぞ」

話し合いの結果、東尾が吉岡先生に放課後、体育館の元器械体操部の部室に来てもらえるように頼んだのである。果たして先生は来てくれるかどうか疑心暗鬼になっていたが来てくれた。

そこで全員でお願いした。先生も最初は断り続けていたが、皆の熱意に絆《ほだ》されて引き受けてくれることになった。

「私は器械体操はやったことはありませんが、それでも顧問を引き受けたからには皆さんの要望に応えられるように頑張っていきますから、よろしくお願いしますね」

吉岡先生が体操部の顧問を引き受けてくれたので、これで体操部が再開した。器械体操部が再開したと聞いた二年生の男子佐野と秋吉が、そして女子は小川、そして一年生の高橋と谷本が入部してきた。

現在、器械体操部は男子部員は東尾（三年生）、藤本（三年生）、木屋（三年生）、西崎（三年生）、佐野（二年生）、秋吉（二年生）の六人、女子部員は小川（二年生）、高橋（一年生）、谷本（一年生）の三人、男女全員で九人の小さな部であった。そして器械体操部の練習は体育館の半分の半面が宛がわれていた。もう半面はバレーボール部が使用していた。バレーボール部は女子部員だけであった。

器械体操競技は男子は六種目、「ゆか・あん馬・つり輪・跳馬・平行棒・鉄棒」。女子は四種目、「ゆか・跳馬・段違い平行棒・平均台」があった。

放課後に体育館での練習は最初に男女一緒になってマットでの柔軟体操で体をほぐしてから、男女分かれてそれぞれの競技に取り組んでいた。柔軟体操のときに手を抜いたり怠けたりしようものなら、僅かな失敗でも大怪我をまねくことにもなる。器械体操をする者たちは、器械体操で起きる事故の恐ろしさや、怖さを見たり聞いたりして知っているので入念に準備運動をしていた。

健吾たち、器械体操部員は難易度の高い技はできない。国体やインターハイなどに出ようと思う者は誰もいない。オリンピックを目指す者などなおさらいない。それでも部員たち一人ひとりは器械体操が好きである。そして心身を鍛錬することにより、社会に出たときの人生の糧になることを望んでいるのだ。

それだけでもない。西崎健吾は器械体操部に入部したことにより友達も増えた。また、彼は普通の大人しい内気な性格で自分からは進んで喋ろうとはしなかったが、今では誰とも平気で話すように変貌したことに自分自身が気がつき、驚嘆した。

三

季節が初夏に変わろうとする土曜日、その日は朝から雨が降っていた。校舎の傍の花壇には紫陽花《あじさい》がブルーの色やピンクの色をつけて咲き誇っていた。雨は放課後になっても降り続けていた。

いつものように体育館の部室で体操着に着替えていると、普段は滅多にしかこない吉岡先生がその日は珍しく入ってきた。そしてまだ着替え中の部員や着替えが済んだ部員たちに向かって、

「着替えが終わったら体育館の隅に集合していてくださいね。これから話をすることがありますから、少し待っていてくださいね」

そう言うと部室を出ていった。

「何だろう」

「どんな話があるのかな」

皆それぞれが着替えながら勝手に囁きあっている。

「さあ、さあ、早くしないと先生が外で待っているぞ」

藤本がせかせるように言った。急いで部員たちは部室を出た。

「全員、揃いましたね。では、皆さんに紹介したい人がいます」

吉岡先生はそう言うと体育館の入口の方へ行き、何か話しているようだったが促されるようにして一人の若者が入ってきた。

そして吉岡先生が言った。

「この人は私の従弟で本土の大学に通っていて、今年、四年生になります。高校の頃から器械体操をやっていて大学で今も続けています。私は器械体操はやったこともないし、初歩的なことも知らないので、彼に少しでもいいから教えに来てくれないかと頼みこんだら、最初は島まで教えに行くことなどできないと断られたのですが、何度も頼み、それなら週一回、土曜日の午後なら時間の都合もつきそうだからと了解してくれました。そして今日、早速、顔見せもかねて来てもらいました」

吉岡先生は皆に大学生を紹介した。

「大野《おおの》勇一《ゆういち》です。今は大学の四年生で来年卒業の予定です。皆さんに体操を教えられるのは、ほんの僅かな間ですが、精一杯教えますからよろしくお願いします」

大学生はそう言うと吉岡先生に向かって、

「おばさん、少し演技を見せてもいい」

と尋ねた。すると吉岡先生が東尾に聞いていた。この時までは誰がキャプテンになるかは皆で相談したことはなかったのに、吉岡先生が勝手に顧問の名によって東尾をキャプテンに任命していた。それには誰も反対する者はいなかった。これが自然の流れでもあった。東尾も任命されたのを嫌がってはいなかった。そして東尾が皆に向かって言った。

「皆、今からコーチが体操競技の演技を見せてくれるそうだから、皆で手伝って体操器具をセットしよう」

大学生は今日来たばかりなのに、早くもコーチに就任させられた。しかし、大学生もまんざらでもない様子である。東尾キャプテンの一言に皆は手分けして僅かの時間でセットし終わった。

その日はどういうわけか、幸いにバレーボール部の練習がなかった。いつもは大声を張り上げたり怒鳴り合ったりして騒がしいのが当たり前になっていたのに、体育館は嘘のように静まり返っている。静かすぎて薄気味悪く恐ろしい気もする。それではバレーボール部は普段暴れまくっているように思えるかも知れないが、やる気がみなぎって活気に溢れているだけである。その証拠に練習が終わり下校するときは淑《しと》やかである。

いつもは片側半面はバレーボール部が使用するので、その場所にセットする「鉄棒」や「つり輪」「段違い平行棒」などはセットできない。また、「ゆか運動」もマットは競技用では十二メートル×十二メートルと幅が広く、全面に敷くので使用できない。そのために、「ゆか」は小、中、高の学校の体育で使うマットを敷いて練習していた。

それが今日はバレーボール部がいない。思う存分に体育館を使用できる。嬉しいことである。大野コーチは大学で器械体操をやっているだけのことはあり、体は見るからに頑丈そうで筋肉隆々として逞しい。大野コーチは今まで国民体育大会に二回出場したことがあり、成績は四位と六位だそうである。

そして「ゆか運動」から始まった。マット上で側転から後方腕立て回転、後方宙返りなどと連続で技を繰り出していった。競技の順番はまちまちで大野コーチの判断で「平行棒」「あん馬」「跳馬」「つり輪」「鉄棒」と体操競技を紹介してくれた。しかし、高難度の技はしないで簡単な技だけを行った。

部員たちはコーチの演技の素晴らしさに感動し、感慨無量になりただ呆然と見とれていた。そのとき、体育館の外側で大勢の拍手が聞こえた。見ると他の運動部員たちが窓から中を覗いていたのだ。

先刻《さっき》まではコーチの演技に圧倒されていて、そこまで気がつかなかった体操部員たちも負けじと拍手を送った。これからはコーチが来てくれることになったことは本当に有り難かった。それまでは部員たちがそれぞれに書店や町の図書館などに通って器械体操に関する本を探すのだが、なかなか専門書は置いてない。

また、部員の誰かがテレビでたまたま体操競技を演じている番組に遭遇すると大変である。それをしっかりと覚えていて、次の日、練習で披露し、誰かが偶然に古本屋で体操の本を探しだしてこようものなら皆で奪いあうようにして読んだ。そして新しい技を会得しあった。そして技ができるようになると、皆に披露していた。見せつけられた部員たちも最初は悔しがっていたが、すぐに誰もができるようになっていった。

こうして部員たち全員が遅々たる歩みではあるが上達していった。そんな時に大学生のコーチが土曜日の午後だけではあるが教えに来てくれることになった。全員、感謝感激であった。

四

コーチが来てからの器械体操部は練習が厳しかった。しかし、誰も不平や不満など言わなかった。皆がコーチの教えに必死でついていった。

健吾は「ゆか」では後方回転が苦手であった。それを直すためにマットで後ろ回りの練習を何度も行い、何十回と回転を繰り返す。そうしてできるようになってくると、部員たちに腰を支えてもらい、後方に腕立てして回転する。日々を重ねていくとそれもできるようになってきた。今度はロープを腰に巻いてもらい両方の端を引っ張ってもらい自力で回転する。何回も何回も繰り返す。その日の練習が終わる頃には疲労困憊《こんぱい》で体が頑固に意地を張り言うことをきかない。それに喝をいれ無理に動かそうとした。昨日も駄目今日も駄目。何日かけても上手にならない。

(他の部員たちは皆できるのに、なぜ自分はできないのだ)

健吾は自信喪失していた。そんなとき、コーチが、

「焦るな。皆も同じだったのだ。皆ができて、お前ができないことはないはずだ。自分を信じて、できるんだ、できるんだ、そう自分に暗示をかけてみろ」

コーチは穏やかな口調で言ってきた。そんなとき、突如として東尾キャプテンが健吾に近づいてきた。

「健吾何だ。女子部員たちもやっている、バク転やバク宙ができないのか。お前は男だろう。男のお前がこんなこともできないのでは何ができるんだ。何もできないのか。情けない人間だな」

キャプテンが怒鳴った。これには部員たち全員が吃驚して振り向いた。皆が自分を怪訝な顔で見ている。

(もしかして笑っているのでは――)

健吾はそう感じると無性に腹が立ってきた。

(くそ。こんなもの。俺はできるんだ。全員ができないんだと、何か変な疑いの目で見ている。そんな目で見られているということは、俺は邪魔者にされているのだ)

ここで闘争心が沸き上がってきた。何か窮地に追い込まれたようで怒り狂っていた。

(くそっ、こんなもの。俺はできるんだ)

そう自分に言い聞かせ、マットを駆け、側転で勢いをつけて後方腕立て回転、後方宙返りと回っていた。

「おお、西崎、バク転もバク宙もできたじゃないか」

東尾が言った。その声に木屋や藤本も振り向いた。皆が傍へ寄ってきた。

「西崎、できたな」

コーチも寄ってきた。これは彼には飛び上がるほど嬉しかった。

「西崎、一回できたといってもまぐれかも知れないぞ。もう一回やってみろよ」

藤本が本気とも冗談ともとれるように言った。健吾はもう一度やってみた。簡単にできた。これには健吾自身が驚いた。しかし反面、この頃から彼は瞑想に耽《ふけ》る時間が多くなっていた。器械体操は自分が想像していたよりも厳しかった。

朝など起き上がるのがきつくて体中の節々が痛み、歩くのもやっとの時もあった。

（自分には器械体操は合ってないのかな）

そう考えると、だんだん自信喪失になっていく。こんなことを待ちかねた相対する気持ちが出現してきた。

（何もこんな辛いことなど辞めてしまえ。無茶苦茶に体を痛め虐《いじ》めて、こんなことをして何になるんだ。辞めろ。辞めてしまえ）

邪心が盛んに急き立てる。それを拒むように良心が反発する。

（お前は何のために体操部に入ったのだ。この間までは何もしないと暇、退屈、物足りなさを感じて入部したのだろう。それなのにもう弱音をはく。腑抜け、腰抜けめ。そんな情

けない人間ならさっさと辞めてしまえ。辞めることを止めたりしない。さあ辞めてしまえ）

良心は最初、健吾が体操部を退部しようとするのを思い直すようにしようと考えていたが、頼りない姿を見て止める気がなくなった。邪心は良心がやる気をなくしたのを察すると、盛んに誘惑してきた。

（他の若者たちを見てみろ。男も女もあんなにも楽しく遊んでいるではないか。羨ましいとは思わないか。楽しいぞ）

（そんなものは一時の快楽でしかない。これからの長い人生。苦しいことや窮地に出合ったりしたときなど、苦しみ辛さを経験しておけば乗り越えられるかも知れないぞ）

良心の心が復活したのか、邪心をなだめていた。

五

梅雨に入ったのか、ここ数日間は雨ばかりである。時折降る雨は心を穏やかに鎮静させてくれるが、長く続いてくると気持ちを憂鬱にさせてしまう。

その日も雨が降っていた。運動場が使用できない野球部や陸上部やテニスなどの部員たちは校舎から体育館に続く渡り廊下に集まってきた。屋根があるので、濡れないからだ。柔軟運動をして体を軽くほぐしていたがしばらくすると見えなくなっていた。

そんな中に一人の女生徒が体育館の入口の透き間から体操部の練習を見ていた。体操部の部員たちもそれに気がついて、特に男子部員たちは何か囁き合っていた。そのとき、女子部員の一人もそれに気づいた。二年生の小川である。

「藤村さん、見に来てくれたのね」

その声に女生徒は軽く頷いた。

「藤村さん。そこにいないで中に入ってきたら……」

「小川さん。今日は練習を見に来ただけだから――」

と言うとすぐにいなくなった。

「もし器械体操に興味があるのだったら、毎日、放課後に体育館で練習しているから見に来てもいいよ」

と小川は言っておいたとのこと。それで体育館に顔を出したそうだ。

誰からも好かれそうな可愛い顔立ちの女生徒だった。まだ残っている男子部員たちが騒いでいる。やはり気になるのだろう。健吾もその一人である。

(俺はそんなことはない。でも意識しないと言えば嘘になる。多少は気になる。気になるけれど俺には関係ない)

そう思えば思うほど、心が動揺してきた。何を動揺することがあるのだ。

それを鎮めようと必死に思えば思うほどに、心臓の鼓動が激しくなってきた。それで堪《たま》りかねて体育館から外へ出た。

外は雨が少し激しく降っていた。雨で頭も顔も少し濡れた。それにより気持ちが少しは落ち着いた気がして体育館に戻った。木屋が健吾を見て笑っている。健吾は心を見透かされた感じがして恥ずかしかった。今は異様な雰囲気から解放され正気を取り戻したようだった。それとともに女生徒がいなくなったので淋しさも感じた。

練習が終わりバス停へ行く途中で木屋が言った。体育館に姿を見せた女生徒は二年生で小川と同じ組、名前は藤村利子《ふじむらとしこ》というと教えてくれた。

六

それからも藤村利子は何度か体育館に姿を見せるようになっていた。

健吾は最初の出会いのときの印象的な心の落ち着きを失い、平常心を取り戻そうと焦れば焦るほど心臓は激しく脈打ってくる。他の人に鼓動が聞こえているのではないかと心配になり周囲を見たものだった。

人間というものは不思議な動物である。慣れることにより、あたふたと慌てふためくだけで何もできなかった自分が、自然と落ち着いている。今はなんの意識もしないで普通に藤村利子を見られる。大袈裟かも知れないが元気が出るし嬉しい。

今日は顧問の吉岡先生に付き添われるように藤村利子が体育館に入ってきた。この日から器械体操部に入部してくれる。部員たちは全員歓迎だった。小さい体操部に一人でも増えるということは良いことである。

それともう一つ、男子部員たちは感謝感激でこれ以上のことはない。それはこの高校全体の女子生徒の中でも五本指に入るほどの美人であり可愛い女生徒である。その女生徒が五体操部に入ってきた。勿論、健吾も嬉しかった。そして一週間もしない間に男子生徒が五人も入部してきた。これには驚きであった。

これまで新入生たちの体操部への入部を募集していても誰も顔も見せなかったのに、急に五人も入部してきたのだ。藤村効果というものか。そんな見え透いたことは部員たちも大体察していた。それでも部員が増えることはいいことだ。そして皆知らぬ顔をしてとぼけていた。そしてこんな人たちはいつまでもつかなと言い合っていた。

「俺は一ヶ月かな」

「一ヶ月ももたないだろう。二週間もてばいいとこかな」

案の定、予想した通りに一ヶ月もしない間に次々と五人全員が退部していった。

「藤村も今に退部するだろう」

誰かが呟いた。しかし利子は綺麗な顔に似合わず意外に根性がある。そのことを部員全員が感じ応援した。健吾は密かに、ずっと体操部にいてくれるように願った。また、健吾は自分自身が体操部を退部しようかどうかで思い悩んでいたことなど、すっかり忘れさっていた。そのことに気がついて心境の変化にあきれ果て、自分を叱咤し自分自身に激怒した。

七

その日は休日で、数日前に顧問の吉岡先生から部員全員に「今度の休日に一度家にいらっしゃい」と誘いがあったので皆で揃って伺うことにしたのだ。

吉岡先生の家は学校が都合つけてくれた一軒家で、高台の閑静な住宅地に建っていた。

東尾キャプテンがベルを押すと、すぐに玄関から先生が出てきてくれた。全員が挨拶した。

「よくきてくれましたね、待ってましたよ」

先生は微笑みながら迎えてくれた。学校で見る先生とは全然違う気品ある都会の女性に見えた。皆も感嘆していた。そして玄関先で立ちつくしていた。

「さあ遠慮しないで入ってください」

「はい、失礼します」

皆が靴を脱ぐと、入口は靴で一杯になり、足の踏み場もなくなった。皆は行儀よく、体育館で見る部員たちとは違う姿が、少し滑稽にも見えた。

廊下を通る際至るところに本棚が置かれていて、通路としては少し窮屈さも感じるが、本棚には数百冊もの書籍が並べられていて圧倒される。

（さすがは学校の先生。先生はこんなにも勉強しているのか）

これを見た部員たちは驚愕しきりであった。

吉岡先生はテーブルにクッキーや羊羹を出してくれた。そして言った。

「飲み物はコーヒーとお茶しかないですが、どうします」

これに対し東尾が言った。

「皆、コーヒーでいいか」

「異議なし」

誰かが言う。それで全員がコーヒーに決まった。キャプテンの鶴の一声である。東尾の統率力はさすがである。そうして部員たちの緊張もほぐれてきて冗談を言ったりふざけたりしていた。こうして何時間かが経っていた。そして、東尾キャプテンがあまり遅くなると先生に迷惑をかけることになるので、

「そろそろ解散にしようか」

と言った。つい癖がでたな。これは体操の練習中や、部員たちの集会などでなかなか意見が一致せず、決着がつきそうもないときや、練習で遅くなったときなど後日に遣り遂げることにしてその場を引き上げるとき使う言葉だ。部員たちはそれが分かっていた。

東尾の言葉に促されるように、全員は吉岡先生の家を後にした。そしてバス停に向かった。

少しして反対方面のバスが来て、東尾、藤本、佐野たちが帰っていった。それからしばらくすると逆方面のバスが来て健吾、木屋、藤村、小川たちが乗り込んで帰っていった。そして木屋と健吾は一緒に下車し、別れ道に差し掛かるまでずっと、吉岡先生について喋り続けた。

なんでも吉岡先生は大学時代に二年先輩の恋人がいて、卒業して商社マンとして働いていた。その人とはゆくゆくは結婚を誓い合っていたそうだ。

吉岡先生が卒業して教員になれた祝いにと車で鎌倉へ遊びに行き、東京へ帰る途中、突然、前から来た車に激突されて大破。運転席にいた恋人は意識不明の大怪我ですぐに救急車で病院に運ばれたが、病院に着くと同時に死んだそうである。

彼女の方は奇跡的に軽傷で済んだそうだ。相手は飲酒運転だったそうだ。恨んでも恨みきれない。彼女は泣き崩れていた。事故を聞いて両親が駆けつけてきたが、ただ泣くだけで茫然としていた。

家に連れて帰ってからも彼のことばかり思いだされて毎日毎日、悩み苦しんでいたそうだ。

両親は途方に暮れ、親戚の伯父に高校の教員をしている長男がいたので、相談したそうだ。長男の言葉では、遥か遠くの小島で高校の教員を募集しているという。

「しかしあまりに離れ小島なので誰も応募する者がいない。もし、それで良ければ一度頼んでやろうか」

伯父が来て言ってくれた。すると彼女は場所を確認もしないで承諾したという。これには両親も親戚の伯父さんも吃驚して聞き返したが、本心であることに感嘆したそうである。

それでも両親にしては心配である。遥か遠くの島に先生として行く。

(雅子は子供のときから利かん坊で一度こうだと決めたら絶対に考えを曲げない。頑固なところもあった。しかし今に挫折して戻ってくるだろう)

両親はそう思って待ち構えていた。

八

西崎健吾は小、中、高と音楽が好きであった。それが藤村利子を知ることにより、より一層好きになった。音楽教室は二階にあり、二年生の教室の前を通らなければ行けない場所にあったからだ。もちろん、藤村利子の教室の前を通り抜けていく。

休憩時間に廊下にいないかどうか、神経を研ぎ澄ませて歩いた。もし顔を見合わせたりすると心が弾み、跳び上がるほど嬉しくなる。

逆に利子の姿が見られないと極端に言えば奈落の底に突き落とされたような気持ちになり、元気がなくなった。

（ひょっとして病気かなにかで学校を休んでいるのかな——）

などと余計な心配をしたりもした。

放課後、体育館で利子の姿を発見すると、今まで心配していたのが嘘のように何事もなかったかのように元気になっていた。滑稽でもあった。

こんなに態度がころころ変わる自分自身に呆れ返り、情けなかった。しかし健吾はこれだけは心に誓っていた。学校の授業中は努めて勉強に専念すること。昼休みの休憩時間などは運動場に利子の姿はないかと捜したりもするが、午後の授業の始まりのサイレンが鳴り響くときにはできるだけ考えないようにしていた。

音楽の授業は一週間に一度だけなので、もし音楽のない日々に利子の顔を見たいと思うなら授業と授業の間の休憩だけしかない。これでは時間が短すぎる。

あとはというと昼間の食事後の休憩時間しかない。彼は教室の窓から運動場を見て利子はいないか、校舎などの日陰に姿はないかどうかを捜した。そして見つけられると嬉しかった。友達同士、何か話しあったり微笑んだりしている姿を見ると健吾の心も自然と弾んできた。

(本当に可愛い)

九

夜、健吾は夢を見ていた。

(お前は馬鹿者かも知れないぞ。いくら利子を思い慕ったところで、果たして利子はお前のことなど何とも思っていないかも知れないぞ。お前の片思いではないのか。利子はお前を嫌っているかも知れないぞ。それなのにしつこくつきまとっているのではないのか。確かめたのか。確かめてはいないだろう)

邪心が執拗《しつよう》に問い詰めてくる。そう言われると健吾は焦った。

(お前は勝手に一目惚れして、相手も自分を好いてくれていると自惚れているのだったら、そして浮かれているのだったら、ただの阿呆だぞ)

邪心が喜んでいる。

(邪心の言ったことは本当かも知れない)

彼は夢のなかで心配した。

(藤村利子はお前のことなんか無関心で、意中の人がいるのかも知れないぞ。そして相思相愛の仲かも知れないぞ。それをお前が邪魔している。もしそうだったらお前はどうする

のだ。もう利子に近づくな。その方がいいぞ）

夢の中で邪念が彼の心を複雑多岐に惑わせてくる。

（利子は俺を嫌っているかも知れない。それなのに俺は執拗《しつよう》に追い掛けているのではないか。そんなことをしているとしたら絶対に避けないと――）

朝、彼は目を醒ますと、（しばらくの間、利子に近づかないようにしよう）と独り決めて、避けるようにした。

以前からバス停で利子が乗り込んでくると、挨拶していたがここ数日間は、顔を見合わせても避けたり、立ち場所を前の方から後ろの方へ移動した。これには木屋も不思議がっていたが、バスの中は朝は通勤か通学の時間帯でサラリーマンや学生たちも乗っているので動くのは少し窮屈だった。そして声を出すのも憚《はばか》られた。

十

そんなある日、小川が健吾のところへ来て言った。

「西崎さんが最近、私のことを無視して冷たく避けているように思えるのだけど――」

利子が元気なさそうに見えたので小川が尋ねると、藤村が切なそうに話し泣きだしたとのこと。

小川からそう聞いて健吾は驚いた。

「俺はそんな態度はしたことはないけど、そう見えたのだったら謝っておいてよ。そんな気持ちは全然ないからと――」

しかし実際はそんな態度をしていたのだ。

健吾は嬉しかった。藤村は自分を嫌ってはいなかったのだ。彼は感激した。

十一

その週から一週間は期末試験があるので体操部の練習はなかった。そのために健吾は授業が終わると家に帰り、試験勉強のための教科書を数冊、自転車の荷台にくくりつけるとお寺へ行った。お寺に来るのは久し振りであった。

お寺の裏側の石に座ると持ってきた本の暗記に没頭した。なぜかこの場所が落ち着けた。時折、いろいろな鳥の囀《さえず》りが聴こえたり、心地良いそよ風により木々の葉の擦《こす》れる音、海からは波が押し寄せてきては岩礁に砕け散る音、その他はひっそりとして静寂を感じられた。しかし勉強に熱中してくると、それらの物音も気にならなくなる。何か暗記するには適していたのだ。国語の教科書を広げると島崎藤村の詩集『若菜集』の中の『初恋』が出てきた。そしてこの詩を試験のために暗記しようと頑張った。また、暗記して藤村利子に聞かせてやったらどう思うだろうかなどと想像するだけでも嬉しかった。

初恋　島崎藤村　『若菜集』より

まだあげ初《そ》めし前髪《まえがみ》の
林檎《りんご》のもとに見えしとき
前にさしたる花櫛《はなぐし》の
花ある君と思ひけり

やさしく白き手をのべて
林檎をわれにあたへしは
薄紅《うすくれない》の秋の実《み》に
人こひ初《そ》めしはじめなり

わがこゝろなきためいきの
その髪の毛にかゝるとき
たのしき恋の盃《さかずき》を
君が情《なさけ》に酌《く》みしかな

林檎畠《りんごばたけ》の樹《こ》の下《した》に
おのづからなる細道《ほそみち》は
誰《た》が踏《ふ》みそめしかたみぞと
問ひたまふこそこひしけれ

なかなか暗記できない。

（お前は頭が悪いのか）

自分で頭を叩いた。そして叱った。それなのに痛みを感じなかった。手加減などの調整もしていない。それなのに痛くない。もしかして利子を思い浮かべていると、ただ嬉しさだけが溢れてきて、痛さを感じない。それに似ていた。

料金受取人払郵便

新宿局承認

3971

差出有効期間
2022年7月
31日まで
(切手不要)

郵便はがき

160-8791

141

東京都新宿区新宿1－10－1

(株)文芸社

愛読者カード係 行

お名前《ふりがな》			明治 大正 昭和 平成 年生 歳	
ご住所《ふりがな》	□□□-□□□□		性別 男・女	
お電話番号	(書籍ご注文の際に必要です)	ご職業		
E-mail				
ご購読雑誌(複数可)		ご購読新聞 新聞		

最近読んでおもしろかった本や今後、とりあげてほしいテーマをお教えください。

ご自分の研究成果や経験、お考え等を出版してみたいというお気持ちはありますか。

ある　　ない　　内容・テーマ(

現在完成した作品をお持ちですか。

ある　　ない　　ジャンル・原稿量(

書　名			
お買上 書　店	都道 府県　　　　市区 　　　　　　郡	書店名	書店
		ご購入日	年　　月　　日

本書をどこでお知りになりましたか?
1.書店店頭　2.知人にすすめられて　3.インターネット(サイト名　　　　)
4.DMハガキ　5.広告、記事を見て(新聞、雑誌名　　　　)

上の質問に関連して、ご購入の決め手となったのは?
1.タイトル　2.著者　3.内容　4.カバーデザイン　5.帯
その他ご自由にお書きください。
(　　　　)

本書についてのご意見、ご感想をお聞かせください。
①内容について

②カバー、タイトル、帯について

弊社Webサイトからもご意見、ご感想をお寄せいただけます。

[redacted]ありがとうございました。
[redacted]いただいたご意見、ご感想は新聞広告等で匿名にて使わせていただくことがあります。
[redacted]様の個人情報は、小社からの連絡のみに使用します。社外に提供することは一切ありません。

[redacted]籍のご注文は、お近くの書店または、ブックサービス(0120-29-9625)、
[redacted]ンネットショッピング(http://7net.omni7.jp/)にお申し込み下さい。

十二

そして期末試験は終わった。と同時に夏休みになった。他のクラブの部員たちは、夏休み中も何日かは学校に出て来て練習するのだという。しかし器械体操部は夏休み中は、学校の登校日以外は休みであった。それで部員たちの中にはアルバイトをする者も何人かいた。

木屋も母親を手助けするために父親の形見の漁船に乗って魚を捕るという。

西崎健吾は親戚の伯父さんが本土で小さな紡績会社を経営していた。そこにアルバイトを兼ねて本土の生活を経験しておくことは無駄にはならないだろうと伯父さんの勧めで行くことにした。しかし都会に来て吃驚仰天した。健吾が想像していた以上に都会は華やかで躍動的で、至るところに高層ビルが立ち並び、車線の多い道路は車の往来が激しく、こんなところでぼんやりしようものなら迷子になるか車に追突されるかのどっちかである。来年、卒業したら都会で働くことになる。こんなことで果たして暮らしていけるだろうかと考えると自信消失し、見えない重圧に押し潰されそうになってくる。

（なんだ、お前はもう弱音を吐いているのか。お前は島を離れて都会の会社で働くのだろう。こんなことで恐れ脅えていては島を出ることもできないぞ。お前は都会の生活に慣れるためにアルバイトに来たのではないのか。頑張れ）

良心が励まし檄《げき》を飛ばした。それにより健吾は何か迷妄から解き放たれたような気がしてきた。

十三

伯父さんの会社は紡績会社で、トラックで週に二回綿の入った袋が何十個か運搬されてきては倉庫に保管される。そして使用するときは中の綿を紡績機に掛けて縒《よ》って糸にする。その糸から毛織物や絨毯《じゅうたん》を生産していた。

また、自社だけではなく、周辺にある数社の下請けの会社にも絨毯を委託生産していた。アルバイトの健吾の仕事はその数社の下請けの会社で出来上がった絨毯を車で集めてきて、ほつれや、汚れなどがないかどうかを再度検査して、異常がないと確認できたら絨毯を丸めて車に積み込み、港にある中央センターに運んで下ろすことだった。

中央センターには他社からも絨毯が運ばれてくる。そして中央センターの職員による検査を受けて合格すれば、合格票が取り付けられる。その後、梱包して船積み、輸出されていくのだ。

健吾は絨毯の積み下ろしがこんなにも重労働だと初めて知った。

伯父の家に着いた時は体中が痛んで疲労困憊だった。しかし伯父には隠していた。そして器械体操をしていて、体を鍛錬していてよかったと思った。

中央センターに行く途中に普通高校があり、夏休みだというのに体育館からは熱気の籠《こも》った喚声が聞こえてくる。トラックを運転する会社の人に尋ねると、なんでも器械体操部が練習をしているそうだ。全国でも一、二位を争う有名高校だという。

(有名校なら一度見てみたい。しかし駄目だろうな)

そんなことを考えている健吾を察したのか会社の人は学校の垣根の傍にトラックを密着してくれた。そしてそこの垣根から目の前の体育館の窓が開いていた。

「内側が見られるよ」

健吾は言われるとおり体育館の中を見ると部員たちが真剣な眼差しで、難易度の高い技に取り組み練習していた。その緊迫感に圧倒され、長いことはその場にいられなかった。

十四

夏休みも終わり、学校生活が始まった。利子は放課後、同級生の小川と一緒に体育館に来ていた。以前にも増して可憐で美しい姿は周囲を明るくしていた。利子が元気だと健吾も嬉しくなってくる。これが恋というものなのかな、相手が気落ちして元気がないと何故だか自分も元気がなくなる。これも恋なのか。

こんな時に突然、神様は意地悪を仕掛けてくる。困難な試練を人間に与えてきた。厳しい苦難である。神様が嫉妬したのかな。それでこんな試練を課すのかな。

藤村利子の父親は従業員五人の鋳造《ちゅうぞう》会社を経営していた。

ある時、鋳込《い》み中に土間でつまずいて転倒し、持っていた湯《ゆ》（真赤に溶けた鉄）を体に被り、大火傷を負った。すぐに救急車で病院に運ばれた。幸い命に別状はなかったが、大黒柱が入院したのだ。従業員たちは社長の分まで頑張るからと言ってくれたが心配である。そこで母親が長男に電話で父親が入院したこと、命に別状はないことなどを告げ、どうすればいいかと相談すると、息子は、

「あと一ヶ月間だけ待ってほしい。鋳物の仕事もずいぶんと分かってきたから、もう少し

極めたら、家に帰り後を継ぐから――」

と言ってきたそうである。

長男は藤村利子より五つ年上で都会の鋳造会社に務めていて、ゆくゆくは父親の後を継いで鋳物の仕事を盛り上げていくんだと頑張っていた。

「もうすぐすれば兄が帰ってくる。それまでの間、私も働きたい」

利子はそう母親に言うと、

「そこまで心配しなくても家の方は大丈夫だから」

と母親に猛反対された。それでも執拗に言ってくるので、遂に母親は折れた。利子は近所のコンビニエンスストアでアルバイトを始めたのだ。

突然、利子が体育館に姿を現さなくなったので健吾は心配していたが、そんな事情を聞いて少し安心した。体育館に来ないのは寂しいが、学校内のどこかで出会ったりすると嬉しかった。

十五

秋も中頃になると、夏の蒸し暑さはどこに去ったのか、空気が入れかわって乾燥してきて爽やかになり、何にしても過ごしやすい。そんななか女子部員の高橋の卒業した中学校から運動会で器械体操の模範演技を披露してほしいとの申し入れがあり、要望に応えて行くことにした。

言ってきた先生は私たちの高校を卒業した先輩で、高校時代はここで器械体操をしていたという。そして、廃部になったことも知っていた。

現在は島の南端の高橋の母校の中学校の教師をしていて高橋と偶然に出会い、高橋が高校で器械体操をしているという話から体操部が復活したことを知り、今回の話になったのだ。

運動会は次の日曜日である。もうすぐ、もうすぐだと思っているうちに、運動会当日を迎えた。

朝早く部員たちは体育館に集合し、柔軟体操をして体を軽くほぐした。その後で吉岡先生から、

「高校生らしい恥ずかしくない態度で行動するように、お願いしますね」

と言い渡された。

そして部員たち全員は学校を離れてバス停でまとまって待っていた。

やがてバスが来た。

「さあ乗りますよ」

吉岡先生の顧問ぶりも板についてきていた。

十六

　バスを降りて山奥の方へ歩いていく。落葉樹の葉は赤や黄色など色々な彩りに染まり、また常緑樹はあおあおとした緑色で山全体を引き締めていた。そして見る人々を飽きさせない。学校は小高い丘に立っていて校舎の前に運動場が広がっていた。もう運動競技が始まっているのだろう。時折、喚声が木霊のように響き渡った。校門の入口に案内してくれる先生が待っていて、先生の誘導に従い裏門から入り、邪魔にならないように体育館の中へ入った。運動会は競技の真っ最中であった。手早く部員たちは体操服に着替えた。そして案内の先生に連れられて顧問の先生、コーチ、体操部員たちはテントの前へ行った。そこには校長先生や教頭先生をはじめ、たくさんの先生たちや教育委員の人々が座っていた。すぐに教頭先生から運動会を見に来ている大勢の観客や保護者に紹介された。観客からは拍手喝采で迎えられた。その後、コーチと部員たちは素早く体育館から、体育で使われているマットを持ってきて準備した。

　また、跳馬に使用する器具もないので、飛び箱を準備した。それ以外の体操器具はないので用意できていない。これだけで模範演技を披露する。

最初はゆか運動からだ。女子部員たちが前転、前方腕立て回転、前方宙返りと連続技を行っていく。それに続いて男子部員も同じ技をやっていく。マットの先端に到着すると、最初の位置に戻り、今度は勢いをつけて側転、後方腕立て回転、後方伸身宙返りと連続技を繰り出していく。

続いて跳馬と部員たちの演技が次々と続いていった。そして最後にコーチの大学生の妙技が披露された。ゆか運動では余り難易度の高くないひねり技も織り込み変化を持たせていた。こうして無事、体操部員たちの模範演技が終わると間をおいたように観客席の方から興奮とどよめきが起こり、拍手喝采が鳴り響いた。今までこんなに歓迎されたことなどなかった。健吾たちは感慨無量になった。

ちょうど、昼の休憩時間を告げるサイレンが鳴り渡ってきた。体育館の中には体操部員たちの食事の折り詰め弁当が用意されていた。そして食事も済ませ普段着に着替えて、今回招待してくれたお礼を言うと学校を離れてバス停に急いだ。バスが来るまでの間、コーチの大学生が皆に向かって言いだした。

「体操部の皆にお詫びとお礼を言いたいです。吉岡のおばさんから島の体操部のコーチになって部員たちに演技を教えてやってほしいと頼まれた時は実際、気持ちが進まずやる気はなかったが、島に来て皆さんの真剣な顔を見た瞬間、自分のやる気がない、いい加減な歪んだ気持ちで教えていっていいものだろうか、皆を騙すことにならないか、と疑心暗鬼に陥ってしまった。そのときに、何も余計なことなど考えずに無我の境地で教えてみようか――、そう思い教えたら気持ちも落ち着いてきた。皆さんに教えられました。感謝しています。

それともう一つ。これはお詫びです。実は今日限りでコーチを止めさせてほしいのです。私も四年生でそろそろ就職活動のほうに本腰を入れようと思い、そうなれば体操を教えられなくなりますが、ご容赦願います」

部員たちは突然のコーチの退部に吃驚した。コーチの大学生は今まで未熟な自分たちを一生懸命に教えてくれた。これには皆感謝していた。ここで東尾キャプテンが、

「どうだ、コーチに最後のお礼の意味を込めて船着場へ皆で見送りに行かないか」

「賛成」

全員賛成であった。勿論、吉岡顧問も異論はなかった。そんな話をしているとバスが来て、船着場に向かった。

「おばさん、ありがとう。この島に来て、体操部員たちと知りあって、言葉では言い尽くせないほどのいろいろな物事や経験その他を知ることができました。大袈裟に言えば、これから私が生きていくための心の参考書になるかも知れません。この島に誘ってくださっ

ておばさん、本当にありがとうございます」

「大野勇一さん、私はまだまだ若いですよ。あなたと年はそんなに違わないでしょう、お姉さんよ……」

顧問は少し怒った。

「そうでした。お姉さんですね、おばさん」

元コーチだった大学生はおどけて見せた。これには吉岡先生も怒る気にもならず笑っていた。それに追い打ちをかけるように、

「お姉さん、もし男性がご入り用でしたら電話ください。こちらで要望に応えられる男の人を探しますから――」

これには部員たちは吃驚仰天した。

そして吉岡先生を見た。さぞかし先生は怒り興奮しているだろうなと――。しかし吉岡先生は平然としていた。そして言った。

「はい、分かりました。そのときは、よろしくお願いしますね」

そして続けて言った。

「まあ、そうならないように私も頑張りますね」

体操部員たちは吉岡先生の見たこともない態度と姿に驚嘆し、また顧問が好きになった。

吉岡先生も体操部の顧問を引き受けたことを喜び感謝しているようでもあった。そしてコーチだった大学生は本土行きの船に乗ると島を離れていった。

十七

秋の日暮れは早い。すぐに暗くなる。そして空気も冷えびえとしてきて教科書を広げている手も指先も痛いほどに冷たくなっていた。もうすぐある中間試験の勉強もあと数えるほどになっていた。

ゴーン、ゴーン。

暗闇のなかお寺の鐘が鳴り響いてきた。

(利子はまだコンビニ店でアルバイトの仕事をしているのだろうか。もう終わったかな)

(この大馬鹿者め)

良心が怒りだした。

(何度言ったら分かるんだ。まだ懲りないのか。お前は試験の勉強中だぞ。女のことなど思慕している場合ではないだろう。試験のことだけを考えろ。後で悔を残すことになるぞ)

十八

中間試験も終わり体操部の活動が始まった。しばらく運動をしていなかったので体が硬く重い。

久しぶりの練習も終わり、体操器具を部室に片づけ終わると、キャプテンの東尾が皆を呼び集めた。

「皆、聞いてくれ。もうすぐ俺たち三年生は卒業していく。そうなったとき、今の二年生や一年生だけになってしまう。せっかく体操部を復活させたからには守っていかなければならない。なくしてしまったのでは皆で作った意味がなくなる。できれば続けていってくれるとありがたいんだが、皆はどう思っているのか教えてほしいんだ。これは二年生と一年生で決めてくれないか」

東尾が言うと、残される部員たちは間髪を入れず、

「部は残し、続けていきます」

と言ってくれた。

「キャプテンはどうする」

尋ねると、何か話し合っていたが、結局は二年生の佐野と秋吉がジャンケンを始めた。
そして秋吉がキャプテンの主将、佐野が補佐と決まった。

十九

卒業式の日が来た。朝から雪が降っていた。学校へ向かう周囲の山々や樹々や家々、田畑も道路も何もかもが真白に変貌していた。島に雪が降ることは珍しく、何か歓迎されている、そう思えて嬉しかった。そんな中をバスから降りて学校への道を歩いていった。遥か遠く霞むように学校の校舎や体育館も雪に覆い隠されていた。一瞬、未知の世界に紛れ込んでしまったような錯覚さえ感じられて顔をつねってみた。

「痛い」

夢ではない。そして雪の中での卒業式は無事に終わった。卒業生たちは手に手に卒業証書を持ち、それぞれに体育館を後に校門から出て行く。女生徒たちの中にはお互いに別れを惜しみあい涙ぐんでいる娘らもいた。

健吾も体育館から出て外で木屋や東尾や藤本たちの出てくるのを待ち構えていたが、しかし他の生徒たちが次々と出てくるので、邪魔になると思い校門を出たところで待った。しばらくの間待ったが体操部の誰も見つけられなかった。ひょっとしてバス停の方へ行ったのかも知れないと帰ることにして、最後にもう一度振り返って雪化粧した校舎を見た。

黒々とした曇り空の中に悠然とした姿で佇んでいた。それを見つめていると懐かしさが込み上げてきて感慨無量な気持ちになり、涙が溢れ出しそうなのでバス停へ急いだ。

途中、ゆっくりと歩いていた木屋と合流しバス停へ急いだ。バスを待っている卒業生たちの中に東尾や藤本もいた。

（もう二度と会えない者もいるだろう。そして殆どの者たちは島を離れいく。ある者たちは大学へ進学する。ある者たちは商業関係の仕事に、ある者たちは工場など工業関係の会社員として働きに島を出る。皆の目指す方向は異なるがそれぞれの道は苦難の連続で厳しいかも知れない……）

そんなことを思っていると反対方向のバスが来た。

「木屋、西崎、それじゃあ元気でな」

「お前たちも頑張れよ」

そう言って東尾と藤本が他の卒業生たちと一緒に乗り込んでいった。

反対行きのバスに大勢が乗り行ってしまうと、今まで賑わっていたバス停が急に寂しくなった。しかしすぐに反対のバスも来て残された卒業生たちも乗り込んだ。もちろん西崎も木屋もである。そして降りるところで下車し、木屋と別れると西崎はもう二度と来られないかも知れないとお寺へ行った。そして裏手に回ると誰か人影が見られた。

（まさか利子がいるのでは――。そんなはずはない。こんな雪の中、寺へ来るほうがおかしい）

そう思いつつ近づいていくと、予想に反し藤村利子が本堂の影に身を寄せるように立っていた。持ってきた傘をすぼめているその足元にドサッと音を立てて雪が落ちてくる。あちらこちら真っ白な雪に包まれていた。

利子はまだ健吾が来たことには気づいていない様子に見えた。そこで健吾は暗記した島崎藤村の若菜集の『初恋』を声に出して読み上げた。

まだあげ初《そ》めし前髪《まえがみ》の
林檎《りんご》のもとに見えしとき
前にさしたる花櫛《はなぐし》の
花ある君と思ひけり

利子はこれに気がついたのか小走りに駆け寄ってきた。そして微笑みながら応答してきた。

やさしく白き手をのべて
林檎をわれにあたへしは
薄紅《うすくれない》の秋の実《み》に
人こひ初《そ》めしはじめなり

「利子、随分雪が降っているのに長いこと待っていたのか。傘も差さないで待っていたのか。ありがとう。こんなに濡れて風邪引くぞ――」

健吾は利子の心優しさに感謝した。

「西崎さんは明日の朝、島を離れるのね」

「それでも一年経てばまた会えるよ。それまでの辛抱だからね。もし約束を破ったりしたら絶交だからね。余程のことがなければ電話を掛けてきても駄目だよ。利子の声を聞くと堅く誓った決意が緩んでしまい木端微塵に砕けそうだから――。これは木屋にも電話は掛けないようにと言っておいたから――。俺はゆくゆくは利子と結婚したい。そのためにも俺は誓いを破らない。絶対に破らないぞ」

何か自分自身に言い聞かせていた。

「私もよ。約束は絶対に守ります」

雪が随分降ってきて積もってきた。

「さあ利子、もう帰ろう。それでないと雪で道が塞がれてしまい帰れなくなるぞ」

健吾が囁くと、それに従うように利子も頷いた。そして二人は雪の降りしきるなかを帰っていった。気のせいなのか、雪が遠く家々の灯火に反射して少し明るくみえていた。

二十

翌朝早く、健吾は船着場に急いだ。始発の船で本土に行くためだった。利子に気をつかってでもあった。しかし、船着場の物陰に隠れるように、見つからないように利子も見送ってくれていた。それには健吾も気づいていたが、知らないふりをして船に乗り込んだ。

（利子、ありがとう。辛いけど一年間の辛抱だ。俺は頑張る。利子も頑張ってくれよ）

心の中で叫んだ。

第三部

一

朝、西崎健吾は藤村利子の墓参りに行った。

そしてすぐにお墓から離れた。そこにいると自然に涙が溢れ出してきて、泣き崩れてしまいそうだったから。

お寺の裏手の利子とよく来た思い出の場所に行った。石の上に腰を下ろして今までの時間の流れを思い浮かべていた。回り灯籠のように、次から次へと浮かんできては儚く消えていく。それは蛍火のように微かに点っては儚く消えた。

懐かしくもあり、寂しくもあった。初めの間はゆっくりと展開していたが、だんだんと速くなっていった。そしていつの間にか消えてしまいなくなってしまった。

目から流れていた涙も涸れはてていた。そのとき気がつき驚いた。

朝から急に夜になっていた。

死に対する恐怖も恐ろしさも何も感じなかった。ただ利子に会える嬉しさ、喜びだけだった。

何も見えない、何の音もしない。ただ利子の呼び声が微かに聞こえた。

それに引き込まれるように、健吾は真っ黒な海に飛びこんだ。

遠くに鐘の鳴る音が響いていた。

著者プロフィール

棟近 克成（むねちか かつしげ）

1947年（昭和22年）８月兵庫県淡路島に棟近家の長男として生まれる。

大阪の商業高校卒業後、商業関係の仕事に約４年従事。

1970年22歳で大阪の住友金属工業株式会社（大阪製鋼所）に勤める。

1973年大阪製鋼所から茨城県の住友金属鹿島製鉄所（後の新日鉄住金。今は社名を「日本製鉄株式会社」に変更）に転勤。

2007年60歳で定年後、下請けの会社に２年間勤務。

2009年62歳で退職。

現在に至る。

小学生の時にマンガを描き始め、定年後、本格的にマンガ創作を行っている。本作は二作目の小説作品となる。

千葉県在住。

著書
『とんでるトミ子ちゃん』（2018年、文芸社）
『カカシの歌』（2019年、文芸社、筆名：菅谷健一）

晩鐘《ばんしょう》

2021年10月15日　初版第１刷発行

著　者　棟近 克成
発行者　瓜谷 綱延
発行所　株式会社文芸社
〒160-0022　東京都新宿区新宿1－10－1
電話　03-5369-3060（代表）
03-5369-2299（販売）

印刷所　図書印刷株式会社

ISBN978-4-286-22904-1